Wir sehen jetzt alle aus wie Räuber

Renate Brecht

Renate Brecht

Wir sehen jetzt alle aus wie Räuber

Ein Kinderbuch über Corona

DeBehr

Herausgeber: Verlag DeBehr, Radeberg
Erstauflage: 2020
ISBN: 9783957537706

Ich bin Tim und wohne mit Mama, Papa und meinen jüngeren Geschwistern in einer kleinen Stadt.

Unser Leben ist seit ein paar Wochen ganz anders.

Mama hatte mir vor einiger Zeit erzählt, es gäbe ein neues, noch unbekanntes Virus in China, das viele Leute krank macht. Man nennt es Corona-Virus.

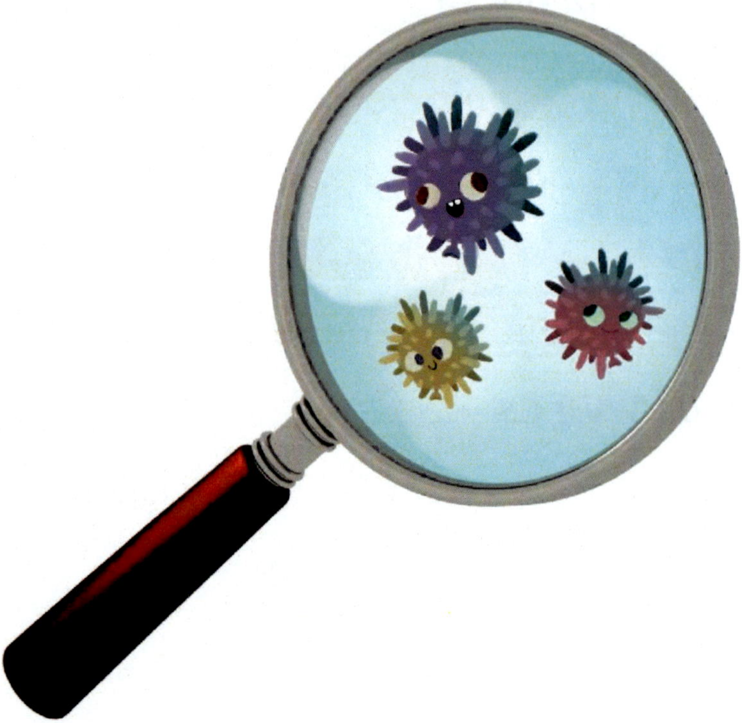

Papa sagt, ein Virus ist ein Krankheitserreger, er ist sehr, sehr winzig. Er dringt in den Körper ein.

Es gibt auch noch Bakterien oder Pilze, die krank machen können.

Nicht die Pilze aus dem Wald, sondern andere, die sind auch sehr winzig, sagt Mama.

Obwohl auch ein Fliegenpilz aus dem Wald krank machen kann, sagt Papa, aber eben anders.

Das Corona-Virus ist also ein neuer Erreger.

Viele Leute bekommen davon Schnupfen und vielleicht auch Husten.

Viele bekommen auch Fieber.

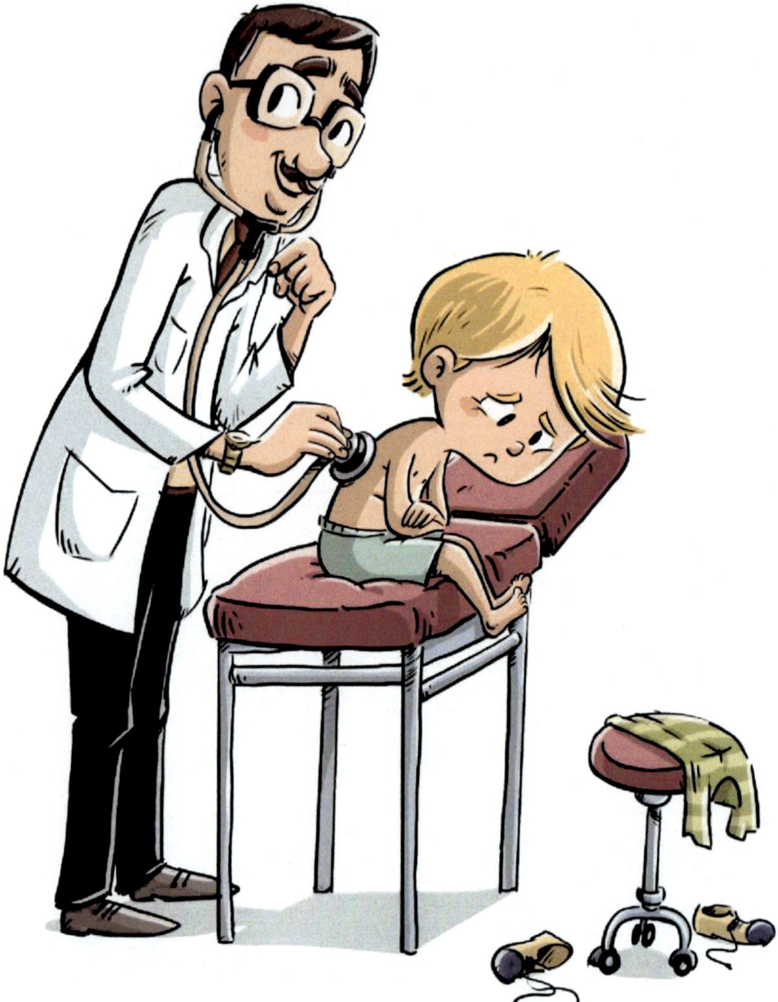

Manche können nicht mehr richtig atmen und müssen lange Zeit ins Krankenhaus. Es kann richtig lebensgefährlich werden, sagt Papa. Darum ist nun alles anders. Weil die Leute nicht krank werden wollen und man das Virus noch nicht richtig kennt. Und eine richtige Medizin gibt es auch noch nicht, sagt Mama.

Manche Leute bekommen das Virus und merken davon gar nichts, können aber andere Menschen anstecken.

Für Tiere soll das Virus aber nicht gefährlich sein.

Und für Teddys sowieso nicht.

Eigentlich hat das Virus eine ganz besondere Bezeichnung, sagt Papa, es heißt Covid 19. Denn andere Viren heißen auch Corona. Und davon soll es eine ganze Menge geben.

Jetzt ist das Virus nicht mehr nur in China.

Es ist überall auf der Welt. Auch in Amerika.

Es ist sogar in Afrika.

Es ist mit dem Flugzeug gereist, sagt Papa. Kranke Leute haben es wohl mitgebracht.

Und plötzlich hat sich alles verändert.

In die Schule gehe ich nicht mehr, die ist geschlossen. Auch die Lehrer gehen da nicht mehr hin. Ich lerne jetzt zuhause mit Mama.

Papa hat erzählt, dass manche Schüler bald mit Maske in die Schule gehen sollen, weil einige Schulen wieder öffnen dürfen. Kann man mit Maske gut lernen?

Meine kleine Schwester und mein Brüderchen dürfen nicht mehr in den Kindergarten, der hat auch geschlossen.

Mein Brüderchen versteht noch gar nicht, was los ist.

Weil wir jetzt alle viel Zeit haben, da wir ja nur noch wenig machen dürfen, sagt Mama, besinnen wir uns wieder auf das Wesentliche.

Wenn sie meint, dass es wesentlich ist, mit meinen Brüderchen zu spielen, hat sie recht. Das mache ich jetzt viel mehr als früher. Und es macht uns beiden viel Spaß.

Anfangs war es sogar noch toll, immer daheim sein zu können. Nun ist es langweilig.

Wir gehen nicht mehr ins Kino oder in die Bibliothek. Denn die sind geschlossen.

Auch in die Schwimmhalle dürfen wir nicht mehr. Die ist auch zu.

Sogar auf den Spielplatz dürfen wir nicht mehr, der ist gesperrt. Das macht meine kleine Schwester sehr traurig.

Papa sagt, alle haben Hausarrest.

Es sind nur ganz wenige Leute in unserer Stadt unterwegs. Die Straßen, sagt Papa, sind wie leergefegt.

Der Urlaub wird dieses Jahr ins Wasser fallen, hat Papa gesagt.

Ich glaube, er meint, dass wir dieses Jahr nicht ans Meer fahren dürfen.

Oma und Opa wollten im Sommer nach Mallorca fliegen. Papa sagt, das fällt auch ins Wasser.

Manchmal gehen wir spazieren. Doch dabei sollen wir zu anderen Leuten genügend Abstand halten.

Ein Meter fünfzig Bannmeile, sagt Papa. So weit, sagt Papa, kann das Virus nicht in der Luft fliegen, es fällt vorher auf den Boden.

Es ist total doof, dass ich meine Freunde nicht mehr sehen darf. Wir telefonieren manchmal. Aber das ist nicht dasselbe. Sie fehlen mir sehr.

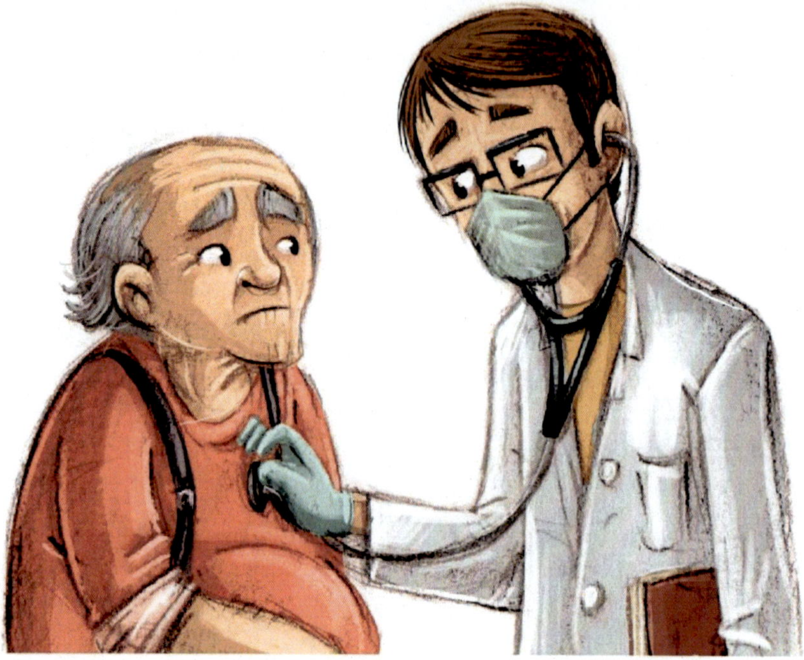

Und meine Großeltern und Uroma darf ich auch nicht mehr sehen. Mama sagt, dass sie sehr schlimm krank werden könnten, wenn sie Corona bekommen, weil sie schon so alt sind.

In unserer Stadt laufen jetzt viele Leute mit Masken im Gesicht herum. Die Masken sehen verschieden aus. Aber ganz wichtig ist, dass sie Mund und Nase bedecken.

Ohne Maske darf man nicht einkaufen gehen. Mama sagt, dass die Tröpfchen aus Mund und Nase das Virus enthalten können. Und wenn man eine Maske aufsetzt, bleiben die Tröpfchen darin hängen. Außerdem kann man diese Tröpfchen von anderen Leuten dann nicht selbst einatmen. Und weil viele Leute gar nicht wissen, dass sie vielleicht das Virus haben, müssen nun alle eine Maske tragen.

Aber nicht zuhause.

Mit den Masken sehen wir alle aus
wie Räuber, sagt Mama und lacht.

Mama ist zuhause, weil ihre Firma wegen Corona zu hat. Sie hat jetzt ganz viel Zeit für uns. Das ist schön. Wir spielen viel miteinander. Und kuscheln.

Oft telefoniert Mama auch mit Oma und Opa. Die beiden sagen, sie sind sehr einsam und haben Sehnsucht nach uns. Meine kleine Schwester erzählt ihnen dann lustige Geschichten am Telefon, die sie sich ausgedacht hat, damit Oma und Opa nicht mehr traurig sind.

Und am schlimmsten, sagt Mama, ist es für Uroma, die ist in einem Altersheim. Da darf schon seit vielen Wochen keiner mehr zu Besuch kommen.

Uroma hat uns immer viel vorgelesen, auch wenn sie nicht mehr so gut sah.

Weil sie nicht mehr so gut hören kann, brüllt Mama oft am Telefon, wenn sie mit Uroma telefoniert. An Mamas Geschrei können wir erkennen, dass sie Uroma an der Strippe hat, wie sie immer sagt.

Mama schaut manchmal traurig. Sie macht sich Sorgen.

Papa ist bei der Polizei, er trägt nun im Dienst auch immer eine Maske.

Auch Papa ist nun viel öfter als früher zuhause. Er hat früher im Chor gesungen, das darf er nun nicht mehr.

Ich singe auch im Chor und darf das auch nicht mehr.

Mama sagt, ich soll mir oft die Hände waschen.

Und wenn wir einkaufen gehen, müssen wir uns sogar im Laden die Hände desinfizieren. Am Eingang hängt eine Flasche mit einer ganz scharf riechenden Flüssigkeit.

Papa sagt, er fühlt sich dann immer wie beim Zahnarzt, wenn er das riecht.

Wenn ich niesen muss, soll ich immer etwas vor die Nase halten, ein Tuch oder meinen Arm.

Damit die Tröpfchen nicht so herumfliegen.

Meine kleine Schwester sagt, sie will mal Ärztin werden, wenn sie groß ist, und das Virus verjagen.

Ich finde die Idee gut, ich werde vielleicht Arzt und bekämpfe auch das Virus.

Mama hat Angst, dass das Virus vielleicht noch lange da ist.

Papa sagt, das Virus ist bestimmt bald weg. Das wäre bei anderen schlimmen Krankheiten auch so gewesen.

Ich hoffe, dass ich bald wieder in die Schule gehen kann. Ohne Maske, weil ich die blöd finde. Man kann gar nicht richtig atmen. Und man sieht gar nicht, was andere denken, weil die Maske nur die Augen freilässt.

Mama sagt, das ist es wert, weil es um unsere Gesundheit geht.

Ich möchte so gern wieder auf dem Spielplatz toben.

Und ich möchte endlich wieder meine Freunde sehen.

Und ich möchte, dass unsere ganze Familie wieder zusammen sein kann.

Mama und Papa sagen, Familie ist das Allerwichtigste auf der Welt.

Das finde ich auch.